LA QUESTION

DES BICHES

PAR

EMILE VILLARS

PARIS

E. DENTU, LIBRAIRE-ÉDITEUR

PALAIS-ROYAL, 17 ET 19, GALERIE D'ORLÉANS

1865

LA QUESTION

DES BICHES

PARIS. — IMP. SIMON RAÇON ET COMP., RUE D'ERFURTH, 1.

LA QUESTION

DES BICHES

PAMPHLET

PAR

ÉMILE VILLARS

PARIS

E. DENTU, LIBRAIRE-ÉDITEUR

PALAIS-ROYAL, 17-19, GALERIE D'ORLÉANS

1865

AU LECTEUR

« J'appelle un chat un chat….. »

On a fait, dans ces derniers temps, beaucoup de pièces de théâtre, beaucoup de livres; grands et petits, sur les drôlesses de toute catégorie.

Mais a-t-on dit nettement d'où vient le mal? A-t-on révélé la gangrène et proposé la cautérisation?

On s'en est bien gardé! car il y avait là toute une clientèle à ménager.

Que dis-je? Il y a tel écrivain libéral et « progressiste » qui a fait un gros volume pour prouver en cinq ou six cents pages, que si la galanterie moderne est un métier, après tout

« … Ce n'en est pas un pire,
Que *poëte tragique*, avocat ou portier! »

Quant aux pièces de théâtre, qui appellent la fille entretenue « une dame aux camélias, » l'épouse qui trafique de l'honneur de la maison « une lionne pauvre, » et la prostitution élégante « le demi-monde, » elles ajoutent au trompe-l'œil de la scène, le trompe-bon-sens de distinctions absurdes et d'euphémismes corrupteurs. Voilà tout !

Le théâtre — cette excellente école de mœurs — trahit d'ailleurs les meilleures intentions. Tenez, il n'est pas jusqu'au pistolet qui tue Olympe qui n'ait un dramatique prestige.

Oui, ce pistolet est de trop.

« C'est avec un coup de pied..... qu'on brûle la cervelle à ces espèces-là », disait Rivarol.

Eh ! bien, ce que le livre n'ose et ce que le théâtre ne peut faire, ce petit écrit va l'essayer. Soutiens-moi, Rivarol !

E. V.

LA QUESTION

DES BICHES

I

La bicherie...

J'aimerais mieux la boucherie.

D'abord ce serait français, et puis, au lieu d'une antiphrase barbare, on aurait une bonne comparaison' très-exacte, à la différence près de la fraîcheur dé la chose vendue.

Mais enfin, il faut bien parler comme tout le monde et « être de son temps, » comme on dit.

On appelle donc « la bicherie » dans l'argot moderne qu'on parle aujourd'hui un peu partout, ce qu'on appelait naguère en bon langage « le monde interlope, » et ce que de tout temps on a appelé, en excellent français, « le monde galant. »

Étrange monde vraiment ! dont l'accroissement prodigieux, les envahissements, la célébrité que lui ont fait le théâtre, les livres, la photographie et la pluie d'or des affaires, ont amené dans la vie parisienne le pêle-mêle de l'honnêteté et du vice, une incroyable confusion de mises, de tons, de manières, quelquefois de consciences, presque la monstrueuse fusion du pur et de l'impur, de la bourbe et du rayon !...

A l'heure qu'il est, en effet, la lionnerie mondaine est, en apparence du moins, si peu distincte de la bicherie, qu'un étranger, un provincial, et même un parisien superficiel, pourraient en confondre les toilettes, le langage et même les salons.

C'est de la part de certaines femmes du plus grand monde, un désir, un tourment, une rage de vouloir paraître ce qu'elles ne sont pas, en prenant pour modèle toutes les audaces de drôlesses qui font de leur gaspillage, de leur maquillage et de leur maquignonnage, la tapageuse réclame de leur galanterie.

Qu'elles sachent donc, celles qui l'ignorent, ce que sont et ce que valent les créatures dont les camélias les empêchent de dormir.

***

II

Exclusivement féminin, le monde interlope possède, comme tous les autres, son aristocratie, sa bourgeoisie et son peuple, ses « catégories » et ses « pêches, » comme on a dit.

Mettons d'abord au sommet de l'échelle les « lionnes pauvres, » qui parviennent si bien à dissimuler leur situation, que les salons parisiens leur restent ouverts et qu'elles continuent à y coudoyer les honnêtes femmes.

Qu'est-ce qui a fait dérailler leur vertu?

L'amour du luxe, du luxe effréné qui commence trop souvent par un mémoire de couturière, pour finir par un autre marché.

Je connais la femme d'un simple employé dans une administration publique qui mène un train de duchesse; elle a chevaux, voitures, laquais, loge à l'Opéra. Par quel miracle? Il n'y a que le mari qui l'ignore..., s'il l'ignore, hélas!

J'en sais une autre, vertueuse épouse d'un officier ministériel, qui désirait avoir des volants de mille écus:

Désir de femme est un feu qui dévore.

Elle en parla à son mari, qui lui répondit qu'elle serait tout aussi belle avec des volants *d'imitation*.

— Tu as raison, lui dit-elle; j'achèterai une garniture en imitation.

Elle a acheté et payé les volants de mille écus; son mari lui avait donné cent cinquante francs.

— N'est-ce pas, mon ami, que c'est pour rien, et qu'ils ressemblent à s'y méprendre à de la véritable dentelle?

— Oui, ma bonne.

Les femmes dans cette situation sont plus nombreuses qu'on ne le pense ; toutefois elles constituent une spécialité plutôt qu'elles ne rentrent dans la généralité du monde qui nous occupe.

La bicherie — la boucherie, pour le coup — c'est surtout cet essaim de vierges folles que vous rencontrez à pied sur les boulevards, en voiture au bois de Boulogne, promeneuses intrépides, ardentes chasseresses, traquant la grosse bête de préférence, mais brûlant leur poudre aux moineaux quand le gibier est rare, hétaïres de tous les quartiers, de tous les étages, vendeuses et revendeuses à faux poids de marchandise sophistiquée, avariée, pourrie quelquefois ; dupant tout le monde, y compris le gouvernement, car elles font métier et denrée de leur personne sans payer patente.

D'où viennent ces créatures? Des champs et de la ville, de Nancy et de New-York.

D'où sortent-elles? De l'atelier, de la loge, de l'antichambre et même de la cuisine, neuf fois sur dix.

La plus célèbre des lorettes, celle dont le théâtre exploite encore la phthisie et les camélias fanés, cette impure, dont les souillures ne seront jamais lavées par les flots de poésie, de musique, et de .

larmes qu'on a jetées sur elle, car il y a des taches plus corrosives que celles de Lady Macbeth, la trop fameuse *Dame aux Camélias*, Marguerite Gauthier à la scène, Marie Duplessis à la ville, Margoton au village, était arrivée au quartier latin du fond d'un bourg de Normandie, et, peu après, passée, presque sans transition, de son étable à l'entresol du boulevard des Capucines.

En général, elles sont vulgaires, triviales et bêtes ; les plus recherchées sont fanées, fardées et frelatées.

Quelques-unes, cependant, ont une célébrité, une sorte d'illustration, et l'on s'occupe d'elles un peu plus que d'un artiste en renom ou d'un écrivain à la mode, presque autant que d'un cheval de course. Sont-elles plus jolies, plus spirituelles que les autres?

Pas toujours, mais elles sont «lancées» et cotées à des prix que la vanité seule peut payer. C'est à cette catégorie qu'appartient — ou plutôt qu'appartenait, — ses actions ont baissé depuis, madame Trois-Étoiles, qui n'avait pas de fantaisies au-dessous de *cinq chiffres.*

M. de N.... lui offrit un soir un cadeau de ce prix

Le lendemain, ce gentilhomme, — le plus laid des gentilshommes, je dois l'avouer, — lui fit une visite.

— À bientôt ! dit-il en la quittant.

— Vous êtes donc bien riche !

Le mot est historique.

III

Voulez-vous passer en revue l'état-major des biches sous les armes ?

Suivez-moi à une première représentation dramatique.

Essuyez votre lorgnette : là, dans cette première loge de face : mademoiselle Berthe, ex-danseuse maigre, fruit sec, on peut le dire, de l'Opéra... Long cou, longs bras, longs pieds, longues dents, longues clavicules ; elle n'a de court que l'esprit. Il y a des agents de change passionnés d'ostéologie. L'un d'eux envoie régulièrement chaque mois un compte créditeur de vingt mille francs à cette chère et sèche cliente, l'incarnation, non, l'ossification du proverbe « Qui s'y frotte s'y pique. »

Et dire que ce monsieur, qui collectionne pourtant, a laissé passer l'occasion d'acheter, pour le douzième de la pension qu'il fait à l'ex-danseuse pointue, la superbe femme de Clessinger, une blanche et impérissable maîtresse, adjugée dernièrement au prix de dix-neuf mille neuf cents francs ! .

Un peu plus loin, même rang, avisez-vous ce petit nez retroussé où il pleut à l'occasion ? Il est vrai qu'il est accompagné d'une adorable bouche dans laquelle on pourrait enfourner des pains ronds. Ces deux objets d'art appartiennent à mademoiselle Trompette.

Elle a, paraît-il, le pied plus petit que la bouche et la jambe mieux tournée que le nez. Aussi, est-elle une des premières qui aient songé à se faire de beaux revenus avec la photographie. Le soleil luit pour tout le monde, que diable ! Celle-ci profite de sa position de rat des coulisses de la Porte-Saint-Martin, pour se faire photographier en costume écourté, jambe de ci, jambe de là, sur une chaise, sur un canapé, sur une table, toujours de dos ou de profil, jamais de trois-quart ou de face ; puis elle envoie galamment son portrait-carte aux étrangers amateurs qui collectionnent ces petits carrés de papier. Son courtier d'annonces ne manque pas d'écrire au bas de la carte : « Cette image ne rend qu'imparfaitement la grâce et les charmes de l'original. »

Après avoir été très-demandée, mademoiselle Trompette est, depuis quelque temps, très-offerte, comme on dit à la Bourse.

A côté d'elle, à droite : mademoiselle Clarence. Artiste dramatique, disent ses cartes de visite. Et en effet, cette demoiselle appartient à cette catégorie de biches pour lesquelles le théâtre est une *exhibition*, comme disent nos voisins, et qui sont là, sur les planches, comme les poupées de cire des coiffeurs et des corsetières se trouvent dans la montre.

Elle est très-riche. Voyez-vous la magnifique rivière que cercle de feux son cou de Niobée? Le cou est vrai, mais le collier est faux.

Oh ! c'est une maîtresse femme celle-ci! une maîtresse de calcul.

Son vieil adorateur lui avait donné un collier de trois cent mille francs :

« Il est fort beau, digne d'une reine, mon collier, se dit-elle en le serrant un soir dans son écrin, mais que me rapporte-t-il? zéro. Il vaut pourtant cent mille écus. A cinq pour cent, cent mille écus rapportent quinze mille bonnes livres de rente. Multiplions ces quinze mille francs par les quinze années de galanterie qui restent à courir, cela fait deux cent vingt-cinq mille francs; ajoutons l'intérêt de l'intérêt, voilà mon capital doublé ou à peu près. Six cent mille francs, c'est bon à ajouter à ses économies quand vient l'âge de la retraite. Oui, mais comment faire pour qu'on n'en sache rien?»

Elle s'endormit sur ce point d'interrogation.

La nuit porte conseil.

Le lendemain elle se lève de bonne heure, court chez son bijoutier, lui vend son collier, en commande un absolument semblable en cailloux du Rhin, recommande le secret, se rend chez son agent de change, fait acheter trois cent mille francs de rente, et la voilà inscrite sur le grand livre.

On entre bruyamment dans une baignoire d'avant-scène : madmoiselle Dalhia, biche internationale, coureuse autrement affairée qu'un courrier de cabinet. Trois mois de l'année elle habite son entresol de la rue d'Isly, de janvier en avril, et passe les neuf mois restant à visiter ses clients de Londres, de Berlin, de Saint-Péters-

bourg et de Constantinople. Elle voyage pour la bijou-
terie. De retour à Paris, sa première visite est pour
M. Léon Pillet, commissaire-priseur, qu'elle charge de
vendre au-comptant et sans escompte l'orfèvrerie et les
joyaux qu'elle rapporte de sa fructueuse tournée.

Sa vente de l'année dernière lui a rapporté deux cent
mille francs, tous frais payés :

> ... Quiconque a beaucoup vu,
> Peut avoir beaucoup *retenu*.

Tenez, elle échange de petits signes félins avec cette
jeune rousse dont le cou de perruche secoue la pous-
sière d'or d'une chevelure fantaisiste. C'est encore une
collectionneuse, une brocanteuse de l'hôtel Drouot.
Vous la rencontrerez à chaque exposition importante et
le lendemain, à la vente, au premier rang des amateurs.
Achète-t-elle? rien, absolument rien, ce qui ne l'em-
pêche pas d'avoir chez elle, dans son splendide appartement de la Chaussée d'Antin une très-belle collection
des plus rares objets d'art du seizième siècle. Faïences
de Luca della Robbia, terres de Bernard Palissy, cof-
frets d'argent de Benvenuto Cellini, émaux de Léonard
Limousin, marbres, mosaïques, verreries, ivoires et

marqueteries de la meilleure époque florentine, sans compter les deux écrins réunis de Diane de Poitiers et de la duchesse d'Étampes. Elle a une salière Henri II qui vaut vingt mille francs, et un chandelier aux mêmes armes qui en vaut trente mille. Jugez du reste. Par quel miracle madame d'Arive (elle a un D apostrophe d'emprunt devant un nom d'emprunt, s'appelant quelque chose comme Saucisse de son nom de demoiselle, et Courourgues de son nom de femme, — mais elle a été si peu mariée et si peu demoiselle!) par quelle magie possède-t-elle toutes ces richesses, elle qui n'achète rien, qui vend tout au contraire?

En vérité, rien de plus simple.

Elle suit assidûment les ventes d'objets d'art qui depuis quelque temps sont très-fréquentes à l'hôtel des commissaires-priseurs. Là, parmi les riches amateurs, tous hommes du monde, qui se disputent une pièce rare au feu des enchères, toute l'attention de madame d'Arive consiste à noter sur son catalogue à côté du prix d'adjudication le nom de l'adjudicataire. Rentrée chez elle, la fine mouche en fait un intelligent dépouillement basé sur une somme de remarques, de considérations et au besoin de renseignements qui la trompent rarement.

Cela fait, elle sort d'une élégante papeterie du papier poulet Maquet, ourlé de rose et armorié, tire la tablette de son bonheur-du-jour rococo, en approche une petite chaise dorée et sonne sa femme de chambre. C'est son secrétaire.

L'éducation de madame d'Arive, née Saucisse, a été fort négligée ; son écriture n'est pas aussi mignonne que sa main, et son orthographe est loin d'être aussi correcte. Elle a enlevé, en lui faisant un pont d'or, mademoiselle Julie qui a une anglaise superbe, à un comptoir de restaurant, sachant bien tout le parti qu'on peut tirer d'un petit carré de papier ambré et blasonné, noirci de petites pattes de mouches harmonieusement aristocratiques.

La soubrette secrétaire a pris place.

La maîtresse dicte :

« Monsieur le duc, ou monsieur le marquis, ou monsieur le comte, ou monsieur le baron, ou simplement, cher monsieur, si le « cher monsieur » n'est que millionnaire, — vous m'avez enlevé hier à la vente de M. de *** un objet dont je mourais d'envie et dont je ne puis plus me passer depuis que je sais qu'il m'est impossible de l'avoir.

«Impossible... qui sait? N'a-t-on pas dit que ce mot-là n'était pas français? N'a-t-on pas dit encore que ce que femme veut...

« Eh bien, monsieur le duc, ou monsieur le marquis, ou monsieur le comte, etc., etc., ce que je désirerais vivement, c'est que vous daigniez honorer mon petit musée d'une courte visite. Il renferme des pièces rares et uniques que je ne crois pas indignes de votre goût éclairé et qui vous suggéreraient peut-être l'idée d'un échange.

« Recevez, monsieur le duc, etc., etc.

«P. S. — Je possède un magnifique émail qu'on dirait le frère jumeau de celui que vous venez d'acheter; même dimension, même éclat et conservation plus parfaite encore. Il est de Pénicaud, il pourrait singulièrement faciliter l'échange. »

Le billet est mis aussitôt sous une enveloppe anglaise à filets roses, scellé d'un cachet de cire verte aux armes de madame d'Arive, née Saucisse; et porté par un domestique en livrée à l'hôtel du destinataire.

Le nom dont il est signé est trop fameux dans la haute bicherie pour qu'un intérêt tout au moins de cu-

riosité n'amène pas chez la femme galanté de nom-
-breux visiteurs. Tous ne sont pas pris à ce trébuchet
artistique, mais il n'est pas rare que ceux qui sont très-
jeunes ou très-vieux, ensorcelés par cette drôlesse, ne
fassent, dans son boudoir, un échange miraculeux vraiment qui laisse aux mains crochues de la brocanteuse
galante le précieux objet convoité sans enlever un
tesson à ses précieuses vaissellières.

On annonce sa vente pour le printemps. Mais on dit
que la revendeuse n'en retirera pas, à beaucoup
près, le demi-million sur lequel elle comptait. Il pa-
raîtrait que plusieurs amateurs prévenus et esti-
mant « l'échange » à sa juste valeur, ont triché à l'aide
d'objets modernes, perfide contrefaçon des anciens ? De
sorte qu'il y aurait dans la collection de l'*échangiste*
presque autant de Pull, de Rudolphi et de Nohaillier,
que de Palissy, de Benvenuto et de Léonard Limousin.

La brocanteuse est furieuse :

— A l'avenir j'aurai un expert, disait-elle, sous le
coup foudroyant de cette découverte, à sa meilleure
amie mademoislle Claire, — une demoiselle veuve —
que vous voyez avec elle dans sa loge.

— Tu ferais bien mieux, lui répondit celle-ci, de
laisser là tes bibelots, et si tu tiens absolument à collec-

tionner, de ne ramasser que les vignettes bleues de la banque de France ou les coupons roses du crédit foncier. Mais tu n'entendras jamais rien aux affaires toi, tu es trop artiste!

Il est certain que mademoiselle Claire entend admirablement les affaires. C'est·la reine de la commandite galante.

Elle s'est mise en parts comme une charge d'agent de change. Elle a des quarts et des siziémes d'entreteneurs, des dix-huitièmes et des trentièmes d'amants.

Pierre paye l'appartement, Paul les voitures, Jacques les soirées, Henri les loges, Louis la couturière, Alfred le bijoutier, Léon les fleurs, Arthur les casquettes, Joseph les bottes, André les dettes; tout le calendrier y passe.

Vous voyez ce collier à triple rang de diamants qui s'étage sur son opulente poitrine; c'est celui-là même dont on a dit que « les petits ruisseaux font les grandes rivières. »

Ah! voici Bébé et madame de Cinq-Louis qui arrivent. Bébé n'a pas encore vingt ans, c'est la fille d'un cocher de remise. Vous voyez ces petites dents claires dont l'émail brille au-dessous des commissures relevées et humides d'une lèvre rieuse? Ces quenottes ont déjà

croqué trois oncles à trois collégiens, qui les avaient
escomptés. Elles en sont en ce moment au quatrième
oncle et au quatrième collégien.

La fille du cocher a hérité ainsi d'une trentaine de
mille livres de rente *qui ne doivent rien à personne,*
dit son père, qui est fier d'elle, et qui lui loue et lui
entretient son coupé.

La biche à l'air « comme il faut » qui se trouve
avec elle, ancienne élève d'un pensionnat en renom,
veuve d'un officier américain (du Nord), est un type
nouveau engendré par les vastes hôtels cosmopolites,
véritables caravansérails construits récemment dans
Paris. On l'a surnommée madame de *Cinq-Louis* ; c'était
sa cote primitive. Vous connaissez ce vol qu'on appelle
« le vol au bonjour. » Eh bien, l'aimable veuve a inventé
la galanterie au bonjour. Très-intelligente, fort adroite,
parlant avec facilité trois ou quatre langues, elle a peu
de peine à connaître la liste des étrangers et des pro-
vinciaux descendus à *l'hôtel du Louvre* ou au *Grand-
Hôtel.* Elle en choisit un à la porte duquel elle a soin
d'aller sonner quand il est sorti, ce qui fait dire le soir
au garçon ou à la servante : — « Une belle dame est
venue pour voir monsieur ; elle prie monsieur de vouloir bien l'attendre demain, dans la matinée. » --

Madame de Cinq-Louis arrive : « Eh ! bonjour, monsieur le comte. Vous avez donc quitté Dieppe, la mer et ses sirènes ?.... — Mais, madame, je n'ai pas l'honneur.... Vous faites erreur.... D'abord, je ne suis pas comte.... ensuite je ne connais pas Dieppe.... — Oh ! c'est impossible !.. Comment ! vous n'étiez pas là-bas avec ces dames ? monsieur le... — Monsieur Lambert, madame. — Ce n'est pas vous dont la distinction, l'esprit, la courtoisie.... etc., etc., etc... »

Vous comprenez où les chatouillements de cette conversation peuvent conduire M. Lambert pour peu que M. Lambert soit galant. Toujours mise avec goût, bien gantée, chaussée à damner un quaker, l'œil armé, sous les meurtrières de ses paupières, et chargé jusqu'à la rétine, la maîtresse intrigante est d'autant plus à craindre que la pureté de son langage et la distinction de ses manières peuvent donner le change et faire véritablement croire de prime abord à quelque bonne fortune.

Un coup d'œil au balcon avant de quitter la salle. Tenez, là, de côté, à droite, ces deux petites dames si singulièrement coiffées, décoiffées, je veux dire, qui causent avec un ancien coulissier qui fait courir ?

Deux variétés du même genre.

La blonde aux paupières noircies s'entend très-bien à cumuler les *différences* de Bourse avec les profits de son commerce, augmenté de la cagnotte de ses tables de jeu.

Allez chaque jour place de la Bourse, côté nord, un peu plus haut que le bureau de poste. Vous la verrez de midi et demi à trois heures, dans un petit coupé à ses initiales, occupée, en attendant l'exécution de ses ordres d'achat ou de vente, à lire l'*Industrie* ou la *Semaine financière*.

Quant à son amie, la brune potelée, dont le front bas, étroit, huppé de l'aigrette que vous voyez, rappelle la magnifique grue couronnée (*grus pavanona*) du jardin d'acclimatation, c'est le modèle du camélia rangé, de la biche pot-au-feu. Chaque soir elle prend une chandelle et descend à la cave compter ses bouteilles ; elle blanchit elle-même son linge et le repasse ; on dit qu'elle prête à la petite semaine.

E finita la comédia. Après la courtisane rentière, brocanteuse, croupière, boursière, la courtisane usurière !... Pouah ! Le cœur se lève.

Ah ! joyeuses et folles filles de jours déjà lointains, Nini, Mimi, Musette et Rigolette, Lisettes et Frétillons qui mouriez sans un cotillon ; et vous, leurs aînées célèbres, Marion, Ninon, Manon, qui jetiez vos bonnets par-dessus les moulins et vos louis par les fenêtres, aussi prodigues de votre or que de votre beauté et de votre jeunesse, où êtes-vous? Qu'êtes-vous devenues? Toi surtout, adorable et perverse Lescaut :

> ... Ah! folle que tu es,
> Comme je t'aimerais demain, si tu vivais?

Alfred de Musset l'aimait tant, la pauvre créature, qu'il a fait pour elle un hiatus.

IV

Une biche s'appelle aussi une cocote (cocote ; petite oie en papier). Comparaison n'est pas raison. J'en faisais pourtant une, aux dernières courses : c'est qu'il existe entre les chevaux et les cocotes, — entre ces coureurs et ces coureuses — de nombreux points de contact et de ressemblance.

Comme le cheval, la cocotte a un tatersall et une cote ; elle a souvent le même propriétaire, quelquefois le même jockey, à l'occasion les mêmes coups de cravache, et, pour finir, exceptionnellement, à la vérité, depuis quelque temps — la même paille.

Comme le cheval, la cocote a les dents longues ; elle mange volontiers dans la main de tout le monde, pourvu qu'il y ait du sucre.

La cocote a cependant une supériorité marquée sur le cheval de course, fût-il le vainqueur du derby ; elle méne plus vite et plus loin son gentleman.

Oh ! n'insultez jamais à la femme qui tombe !

a dit le poëte, et je dis comme lui, le cœur plein de miséricorde, quand il s'agit de la chute d'une pauvre jeune fille ou d'une faible femme dont la sincérité, qui est presque l'honnêteté, surnage au naufrage de tout le reste.

Il y a plus, je puis être pris de pitié autant que d'horreur à la vue de ces malheureuses de carrefour, phalènes du ruisseau qui attendent les voiles de la nuit pour couvrir la honte d'un trafic dont elles n'ont même pas les profits, car il n'enrichit d'habitude que la lorette vieillie qui les exploite.

Mais pour ces impures sans vergogne qui, la tête haute, couvertes de dentelles et couchées dans des calèches, font étalage et tapage de leur corruption, parant leurs sépulcres blanchis de tout les raffinements d'un luxe adroitement extorqué, affichant scandaleusement la ruine et quelquefois le déshonneur des familles, oh ! pour celles-là, la pitié serait une duperie et une niaiserie qui ne sont de mise qu'au théâtre.

« Mais qu'ont-elles donc, me disait dernièrement, les larmes aux yeux, une mère de famille dont le fils unique venait, au sortir du collége, de faire une grosse sottise pour une petite dame à petit coupé — qu'ont-elles donc, ces sirènes ? »

Ces sirènes !....

Tenez, écoutez le doux écho de leurs chants suaves et passionnés :

V

J'étais allé l'été dernier, un jour de courses, à Fontainebleau en compagnie d'un ancien ami du quartier latin, un paresseux étudiant devenu un infatigable voyageur, véritable oiseau de passage, arrivé à Paris pour y publier un livre très-curieux sur la Chine, qu'il connaît mieux que son village.

Les courses étaient finies, et nous revenions de l'Hippodrome de la Sole par la route de Melun, sous les grands arbres dont un vent léger agitait les têtes chenues.

Bientôt notre modeste cocher nous descendait sur la place du Château, en face le fer-à-cheval, à l'hôtel de France et d'Angleterre.

Au même instant, une magnifique Daumon à quatre chevaux galamment pomponnés, conduits par deux postillons en chapeaux gris et casaque zébrée, s'arrêtait à la porte de l'hôtel.

Il en descendait un sportsman du plus bel air et une élégante en grand tralala.

— Eh ! ce cher, cet introuvable Félix ! dit notre élégant en serrant avec effusion les deux mains de mon ami. Il y a un siècle que je ne t'ai vu ! Que fais-tu ? d'où viens-tu ? où vas-tu ?

— Je fais, mon cher Léon, pour le quart d'heure.... de la lymphe plastique, vulgairement de la santé. Je reviens... des préjugés contre les Chinois, et je vais... sur la quarantaine, hélas !

— Allons ! toujours le même... Tu vas dîner avec moi, n'est-ce pas — Avec nous, dit l'ami de mon ami en désignant de la main la personne qui l'accompagnait.

— Ce serait avec le plus grand plaisir, mais, pour aujourd'hui, voici mon hôte : — mon excellent ami, M. E. V..., dit Félix en me présentant à son ami ; — M. de T..., mon vieux camarade de collége, ajouta-t-il en se tournant vers moi.

— Votre main, cher monsieur, me dit M. de T... avec une grâce parfaite. Et maintenant faites-moi l'honneur d'accepter pour notre ami commun. Tenez, madame se joint à moi...

— Certainement, certainement ! cria alors d'une voix

que je ne puis, malgré ma galanterie bien connue, comparer à un timbre argentin, la belle dame que M. de T... ne nous avait pas présentée : Certainement, certainement !

Et, prenant son ombrelle de dentelle par l'anneau d'ivoire qui la terminait, l'élégante enrouée la fit tournoyer brusquement.

— Certainement ! certainement !

Le moulinet allait toujours.

Mon ami me jeta à la dérobée un coup d'œil interrogateur.

— L'aimable insistance de madame..., répondis-je.

— A la bonne heure ! Je vais faire ajouter deux couverts et je vous rejoins au jardin.

J'arrondis mon bras et le présentai à madame Certainement.

Le moulinet allait encore.

Nous étions dans le jardin de l'hôtel.

— Tiens ! une balançoire ; c'est ça qui me va !

Elle avait déjà fait voler son ombrelle par-dessus les acacias et s'était installée sur l'escarpolette.

— Voilà, dis-je en saisissant la corde, l'ornement obligé d'une escarpolette. Rien de plus gracieux. Il y a un adorable tableau de Fragonard...

— Connu, mon petit, connu ! je l'ai vu l'autre jour à l'exposition.

Lectrice aux jolis pieds, quand on est sur une escarpolette, il est bien difficile, je ne vous apprends rien, de ne pas montrer le pied, voire même un peu la jambe. Je gagerais que les amours légers inventèrent uniquement pour cela ce jeu aérien et charmant.

Le pied que je balançais, chaussé d'une bottine hongroise à hauts talons et à haute guêtre, n'était pas mal; lustrée d'un bas de soie rosé, la jambe était suffisamment ronde, et je ne doute pas qu'un élève de troisième n'eût eu dès éblouissements de tout cela.

Un fin connaisseur ne s'y fût pourtant pas trompé. Malgré sa rondeur, le tour de jambe manquait d'élégance; malgré sa petitesse, le pied était vulgaire, la cheville trop visible, le talon trop saillant, et, quoique les brodequins fussent sortis le matin même de chez Mayer, j'aperçus sous la fraîcheur du satin, à l'orteil gauche, le léger soulèvement d'une callosité précoce, ce redoutable volcan d'un joli pied. Vous connaissez le pied et la jambe; le reste à l'avenant.

Ma nymphe n'était ni jeune ni vieille, ni belle ni laide, ni grasse ni maigre, ni brune ni blonde. En vous promenant sur le boulevard entre cinq et six heures, de la Chaussée-d'Antin à la rue Laffitte, vous en rencontrerez cent qui lui ressemblent. Le trait dominant était la vulgarité, et sa coiffure dite *à la chien* ou *à la toutou* accentuait particulièrement pour la figure le caractère bas et banal de l'ensemble. Sur le sommet de la tête reposait une imperceptible casquette empanachée et enrubanée, laissant échapper jusque sur le milieu du dos des cascades de cheveux réunis en un immense catogan.

Quant à la toilette, c'était, comme presque toutes les toilettes du jour, un chef-d'œuvre de surcharge et de mauvais goût.

Une chose m'étonne de plus en plus, c'est le mal infini que se donnent les couturières pour gâter un joli morceau de taffetas ou de gaze. C'est l'histoire des *refusés* de l'Exposition; les malheureux! combien de beaux mètres de toile, et bonne et solide et propre, ils ont impitoyablement gâchés!

— A table! messieurs, à table! s'écria, en arrivant, notre joyeux amphitryon.

Ohé! les p'tis agneaux,
Qu'est-ce qui casse les verres.

se mit à chanter, de sa voix harmonieuse, notre sil-

-phyde en sautant lestement de l'escarpolette ; et elle
ajouta :

— Dieu de Dieu ! que j'ai soif !

Nous étions assis à une table particulière, dans la
grande salle à manger de l'hôtel.

— Mon cher Félix, dit mon nouvel ami, pendant que
le garçon nous servait un consommé aux œufs pochés,
j'aurais voulu t'offrir des nids d'hirondelle...

— Ah ! elle est bonne celle-là ! interrompit ma spirituelle voisine, en éclatant d'un rire épais et intem-
pestif qui arrosa son corsage d'une cascade de bouillon :

— Ma vieille, ajouta-t-elle, en touchant M. de T...
de la pointe du couteau, voilà une soupe qui te coûtera
une *plure* et un peu *rupp* encore.

— Mais, continua celui-ci, sans s'inquiéter autrement
de l'accident et de l'interruption, tu comprends qu'à
Fontainebleau... D'ailleurs, tu as dû t'en régaler là-
bas, tandis que ce champagne frappé.... A ta santé,
Félix !...

Quatre coupes glacées se heurtèrent joyeusement.

— Pouah ! quelle horreur ! dit ma voisine, en vidant
dans un légumier le verre de mousseline qu'elle venait
de porter à ses lèvres. Garçon ! cria-t-elle.

— Madame désire...

— Qu'est-ce que c'est que cette drogue-là?

— Moët première, madame.

— Je n'en bois jamais; donnez-moi du bouzy. Garçon!

— Madame.

— Je ne mange jamais du pain. Donnez-moi de la brioche.

— Voilà du turbot excellent. Mange-t-on du turbot en Chine?

— Les Chinois ont la bouche trop fine pour cela et des cuisiniers trop artistes.

Ils ont de magnifiques poissons dorés qui font très-bien, comme décoration, sur leurs beaux plats de porcelaine verte, mais ils se gardent bien d'y toucher.

Je dînais un jour chez un mandarin. On apporta un énorme poisson d'or. Savez-vous ce qu'il y avait dans ce poisson? D'abord un autre poisson, puis un troisième, et enfin, dans celui-ci, quelques cueillerées d'un hachis fait avec des cervelles de goujons et quelques grains de riz.

C'était délicieux, et vous voyez bien que nous ne sommes que des barbares avec notre turbot sauce câpres.

— Garçon ! s'écria encore ma voisine. Mais c'est du coco, votre bouzy. Donnez-moi du montebello.

— Et Pékin ? mon cher potichomane.

— Splendide, une rare merveille ; soixante-douze lieues de tour ; des rues de soixante mètres de largeur, des ruelles de quarante mètres dallées de porcelaine ; pour ponts des dragons de jaspe noir dont les pieds forment les piles ; pour fontaines des éléphants d'émail ; un palais impérial dont les frises étaient sculptées en plein ivoire et dont les jardins couvrent de verdure, de kiosques et de pagodes en porcelaine à vingt étages, trente kilomètres carrés.

Certes, j'ai retrouvé Paris mieux aéré et plus propre, mais que M. le préfet de la Seine aille faire un tour là-bas, en compagnie de M. Alphand...

... — Garçon ! garçon ! mais c'est de la véritable piquette, votre montebello. Donnez-moi du rhum.

— Et les Chinoises aux petits pieds ? dis-je à notre voyageur.

— Oh ! je vous abandonne leurs petits pieds, quoiqu'ils aient du bon, ils retiennent les femmes chez elles, et je connais plus d'un mari parisien qui voudrait bien attacher ces moignons-là aux petits légers de sa légère épouse. Quant aux aimables mandarines...

— Glacées, n'est-ce pas? Je les adore; de chez Bois-
sier, mon gros.

— Voyons, Blanche...

Elle s'appelait Blanche!!

— Certainement que je les adore, et que le petit vi-
comte m'en a apporté tout l'hiver.

— Garçon! Votre café, c'est du jus de réglisse,
et votre rhum de la savate! — Donnez-moi de la
fine champagne et de la chartreuse... Garçon! de la
verte.

— Les Chinoises, continua Léon, ont des raffinements de luxe et de coquetterie. Tenez, madame, dit-il
en s'adressant à ma voisine, vous êtes Parisienne?...

— Je suis de Boulogne, mon petit.

— Sur mer?

— Ah! elle est bonne, celle-là! Garçon! garçon! Oh
hé! Lambert!

Évidemment l'absorption alcoolique devenait inquié-
tante.

— Messieurs, nous dit notre amphitryon en se le-
vant, vous désirez rentrer à Paris ce soir: vous n'avez
que dix minutes pour gagner le chemin de fer. En-
chanté, cher monsieur, d'avoir fait votre connaissance;
et toi, mon cher Félix, à bientôt! je l'espère.

— Ah ! zut, alors ! dit mademoiselle Blanche. Tiens, il est chic, le petit ! pas vrai, ma vieille ?

VI

Nous roulions vers Paris.

— Quelle créature ! me disait Félix. Je t'assure qu'on ne trouverait rien de pareil sur les cinq cents millions de sujets du Céleste-Empire.

— Et voilà justement pourquoi ce produit exclusif de notre civilisation parisienne est si recherché !...

— Et par qui ? par un homme du monde, un esprit cultivé, charmant, un garçon jeune encore.

— Un garçon marié, mon cher.

— Marié ! au fait j'aime mieux ça ; c'est une petite escapade conjugale, une partie fine *extra muros* ; ça ne tire pas à conséquence. Madame de T... est dans ses

terres; M. de T... est venu passer deux ou trois jours
à Paris *pour affaires;* une distraction l'a conduit à
Fontainebleau ; demain il rentrera plus tendre au ber-
cail conjugal, apportera un brimborion de Paris à sa
femme, en lui faisant part d'un excellent arbitrage qu'il
a fait entre les actions des deux Crédits mobiliers. —
Te voilà, mon ami. — Me voilà ; et tout sera pour le
mieux dans le meilleur des ménages possibles.

— Que ne dis-tu vrai? docteur Panglosse. M. de
T... m'a fait ses confidences, pendant que tu berçais
mademoiselle Blanche. Il est marié depuis dix-huit
mois, et voilà un an qu'il cultive cette spirituelle cocote. Ça lui coûte quatre-vingt mille francs. — Que
veux-tu, me disait-il, elle est *lancée* et il m'a fallu l'enlever à un agent de change qui ne lui marchandait pas
les épingles de chaque liquidation.

— C'est donc chez lui une question d'amour-propre?
Où diable va-t-il se nicher !

— D'amour-propre, un peu ; de désœuvrement beaucoup, et aussi de mauvaises habitudes.

M. de T... venait de sortir de l'École polytechnique
dans un bon rang, ma foi! lorsque l'héritage d'un
oncle qui l'adorait le fit très-riche. Il jeta l'épée de
l'officier et prit le fouet du sportsman. C'est une pro-

fession aujourd'hui. Il hanta le club et le turf, l'écurie et les boudoirs de ces demoiselles, jeta son argent et sa jeunesse par les fenêtres, puis un beau matin, après quinze ans de cette vie folle et oisive : — Si je me mariais? se dit-il en sortant d'un tripot où des grecs lui avaient volé quelques cent mille francs.

Trois mois après l'affaire était faite. Il avait dévoré un million sur les quinze cent mille francs de son héritage; il épousa dix-huit cent mille francs et des espérances, ce qui le remit plus à flot que jamais.

Après une lune de miel fugitive, M. de T... reprit ses habitudes de garçon, hanta les mêmes lieux, la même compagnie qu'avant son mariage. N'avait-il pas fait ce qu'on appelle — j'en suis bien aise pour mon pays — *un mariage à l'anglaise?* Se conduisant d'ailleurs en parfait gentleman avec sa jeune femme, il réédita sa première jeunesse, et il était logique, mon cher. Qu'avait-il épousé? une femme? non. Une dot? oui. Eh bien! il usait de celle-ci et laissait celle-là. Pauvre petite femme! Il ne m'en a rien dit, mais je parie qu'elle est charmante!

— J'en suis sûr, m'écriai-je. Et abandonnée pour qui? pour cette pécore fagotée et avinée...

— Que M. de T... a prise d'un agent de change, qui la tenait d'un coulissier, qui la tenait d'un cabotin, qui la tenait d'un coiffeur, qui la tenait de quelque vieux satyre, qui la tenait de sa respectable mère, blanchisseuse à Boulogne.

Je sais bien qu'une drôlesse n'est pas une rosière, mais faudrait-il au moins qu'elle fût amusante et que, peu ou prou, elle eût, comme disait Ninon, de quoi remplir les entr'actes.

— Nous avons changé tout cela, mon cher, et la faute n'en est ni à Rousseau ni à Voltaire. Qui sait? Ainsi le veut peut-être cette maudite vapeur qui nous entraîne. On ne voyage plus maintenant, on arrive ; et il y a des chemins de fer dans le pays de Tendre comme ailleurs. Il n'y a plus d'amoureux, même au collége. Chérubin ne chante plus la romance à Madame. Le jour de sa sortie, il va boire du punch et fumer des cigares chez une cocote de troisième catégorie dont un camarade lui a procuré l'adresse.

Voilà l'école de ses premières armes galantes; c'est là qu'il apprend de si bonne heure à estimer la femme et à aimer la famille.

S'il est assez riche pour se passer d'un état, il est bientôt bachelier ès biches et docteur ès cocotes. Il est

de toutes les parties, de tous les turfs, de tous les sou-
pers, de tous les baccarats.

Et voilà comme quoi de lorette en camélia, de camélia en fille de marbre, de fille de marbre en petite
dame, de petite dame en biche et de biche en cocote,
notre jeunesse dorée arrive à se marier à l'anglaise
entre quarante et quarante-cinq ans, et à produire des
maris-garçons taillés sur le modèle de M. de T...

Nous étions arrivés. Nous nous séparâmes en nous
souhaitant mutuellement une bonne nuit, après l'espèce
de cauchemar diurne qui nous avait oppressés.

VII

Balzac a dit qu'il suffisait, par une belle après-midi
de printemps ou d'automne, de se promener sur le

boulevard des Italiens, de la rue Laffitte à la rue de la Chaussée-d'Antin, pour y rencontrer tout Paris.

La remarque était vraie du temps de Balzac — nous disons déjà : du temps de Balzac! comme nous marchons! — à cette époque où le *Café de Paris* donnait au boulevard des Italiens une physionomie si essentiellement parisienne. Elle ne l'est plus aujourd'hui.

Le boulevard des Italiens a abdiqué en faveur de celui des Capucines, où se trouve le *Café de Paris* du Paris moderne, le *Grand-Hôtel*, et où l'on bâtit le nouvel Opéra.

Seulement de la Madeleine à la rue de la Chaussée-d'Antin, ce n'est plus Paris que vous rencontrez, c'est le globe.

J'y ai pourtant rencontré l'autre jour un Parisien. C'est un homme doux et bon, d'expérience et de bon conseil, un aimable médecin qui frise la vieillesse, mais dont le corps est aussi droit et l'esprit aussi souple que l'inséparable jonc à pomme d'or sur lequel il appuie bien plus sa coquetterie que ses vertes années.

Il était quatre heures, l'heure à laquelle la biche affamée se rend au bois, contrairement aux habitudes du loup qui en sort, *quærens quem devoret.*

Le macadam était encombré des chars et des sapins

cynégétiques de la bicherie de tous les faubourgs, de tous les paliers, de l'entresol et du cinquième ; quelques bricoleuses à favoris et à casquettes conduisaient gauchement des paniers à salade attelés d'haridelles qui se louent, comme elles, au mois, à la semaine, à la journée et même à l'heure, et des flots d'étrangers, sortis de leurs hôtels pour jouir du spectacle, se pressaient sur l'asphalte des trottoirs.

— Où sommes-nous ? me disait cet excellent docteur, devant le Jockey-Club ? Je ne vois que des poignées de main, pas un coup de chapeau ; j'entends parler toutes les langues excepté le français. Écoutez donc :

— *Good day, sir, how do you do ?*

— *Ola ! caballero, buenas tardes : Como lo pasa V ?*

— *Guten Morgen, mein Herr.*

— *Eh ! per Bacco ! mio caro...*

— *Kakago pogivaste, Soudare ?*

— *Den dobri panet. Boze cos polske !*

— *Kaliméra despota; ke ti néon ?*

— *Ouach alek. Ouach enta. B'kreir. Slama, Slama.*

— De l'anglais, de l'espagnol, de l'allemand, de l'italien, du russe, du polonais, du grec, de l'arabe, c'est la Tour-de-Babel...

— C'est le nouveau Paris, cher docteur.

— Oui, un Paris sans Parisiens, car le Parisien n'existe plus : Paris l'a supprimé.

— Oh ! oh !... dis-je en riant.

— Oh ! oh ! tant que vous voudrez, mais la preuve est au bout, cher monsieur.

Voyez ces hôtels splendides. Croyez-vous que ce soit pour les bons bourgeois de Paris qu'on construise ces « lambris dorés » qui coûtent dix mille francs de loyer au cinquième étage ?

Et cet immense café, pensez-vous que ce soit aux Parisiens qu'il verse chaque jour ses mille tasses d'eau chaude qui lui rapportent trois mille francs de recette quotidienne, approchant cent mille francs par mois ?

Et cet Opéra monumental dont vous voyez surgir les soubassements, estimez-vous que l'administration compte beaucoup sur les Parisiens pour en remplir les loges et les stalles ?

D'abord les Parisiens ne consentent à aller au spectacle que si on leur offre des places ; encore faut-il que ce soient d'excellentes ; places il y a même des raffinés qui ne se dérangeraient que si le directeur de l'Opéra ou du Gymnase leur envoyait avec un coupon d'avant-scène une calèche à huit ressorts.

Et puis ne s'avisent-ils pas de demander du nouveau, toujours du nouveau, ces blasés d'Athéniens?

On ne peut pas compter sur ces gens-là.

D'ailleurs, j'ai eu l'honneur de vous le dire, de Parisiens il n'y en a plus à Paris. J'en sais parbleu quelque chose, moi qui prends régulièrement le chemin de fer pour aller rejoindre celui qui est le plus près de moi, et qui habite Pontoise. Paris n'est plus Paris, c'est une immense gare où viennent aboutir tous les railways du globe, toutes les lignes transatlantiques et transocéaniques; il appartient à la fourmilière cosmopolite qu'ils y déversent. Paris, réalisant à la lettre sa superbe devise : *non urbs sed orbis*, n'est plus au citadin, il est à l'étranger.

— Et un peu aussi à ces demoiselles, dis-je en désignant des yeux deux automédons en crinoline qui venaient de s'accrocher, et dont la mésaventure causait un rassemblement, égayé par les lazzi des promeneurs, sur lesquels brochait le gros sel des cochers.

— Beaucoup trop, me répondit le docteur; beaucoup trop, et si j'étais M. le préfet de police...

— Vous seriez fort embarrassé, docteur, interrompis-je; car enfin, tout en déplorant l'accroissement et l'importance que prend le monde — c'est bien en effet tout

un monde — des femmes entretenues, comment conci-
lier dans un pays comme le nôtre l'exclusion avec l'égalité, la restriction avec la liberté? D'un autre côté, le
luxe fou de ces gaspilleuses fait aller le commerce,
comme on dit, et ce sont de vraies mines californiennes
que ces chercheuses d'or extraient des poches des
étrangers.

— J'ai mes idées là-dessus, monsieur le libéral, monsieur l'égalitaire.

— Vos idées? Moi qui en cherche! Voyons, docteur,
cher docteur...

— Venez me voir dimanche, à Auteuil, nous déjeu=
nerons d'abord, nous causerons ensuite, me dit, en me
quittant à l'angle de la rue de la Paix, cet aimable
homme que quelques-uns appellent un original.

VIII

Ce bon docteur, qui a connu Broussais, attache une importance capitale à son déjeuner. Depuis une trentaine d'années, il possède un cordon bleu chevronné qu'il gagna à son confrère Viron dans une partie restée célèbre, où celui-ci avait mis pour enjeu Catherine, sa cuisinière, contre la somme de six mille écus.

Bien des fois, depuis cette époque, le perdant a demandé sa revanche, mais le nouveau propriétaire de Catherine n'entend pas de cette oreille-là. Il ne la lui rendra que par testament et à la condition expresse que son confrère remboursera à ses héritiers naturels les dix-huit mille francs que représente cette *valeur culinaire.*

Ce jour-là Catherine s'était surpassée. Aussi, les houppes papillaires délicieusement chatouillées par une spumeuse omelette aux truffes et un salmi de grives au genièvre extrêmement réussi, le tout arrosé d'un léger médoc framboisé qui avait fait le tour du monde, l'aimable gourmet ne se sentait pas d'aise. Entre deux bols alimentaires composés, roulés et déglutis avec méthode, il me racontait quelqu'une des anecdotes dont il est bourré.

Quand vint la poire, une duchesse de son jardin mûrie par ses soins, et le fromage, un camambert crémeux *fait* dans le roc vif de sa cave, dessert exquis auquel il convient d'ajouter quelques grappes de chasselas de Thomery, le docteur, légèrement empourpré aux pommettes, semblait rajeuni de trente ans.

Le café, un moka ambré, savant mélange de bourbon et de martinique pondéré, *suivant l'ordonnance*, avec une précision pharmaceutique, le café qui dure quand tout passe, ajouta encore à cette belle humeur et donna à mon amphitryon une intarissable verve et un entrain tout juvénil.

Il parlait de tout, ce diable d'homme, excepté de cela même dont nous étions convenus de causer.

J'attendis une pause :

— Docteur, dis-je, et la question des cocotes?

— Voyons, décidément les appelez-vous — des cocotes, ou — des biches?

— *Ad libitum*, docteur; mais puisque vous paraissez

tenir à ce que je précise : la question des femmes entretenues ?

— Ah! oui, j'ai promis de vous faire part de quelques idées au sujet de cette question, comme vous dites fort bien, car il y a une question, et une question grave, très-grave, à mon avis.

Le docteur trempa ses lèvres dans un verre de Venise à moitié plein d'eau-de-vie de Dantzic, m'offrit une cigarette de Latakieh, et me dit :

IX

Vous connaissez assurément un excellent livre qu'a publié, il y a quelques années, mon savant confrère et ami, M. Parent-Duchatelet, sur la prostitution de la ville de Paris. A cette époque, à part quelques lorettes en renom, Laïs de la rue Laffitte et Phrynées de la

Chaussée-d'Antin, tout se bornait à une obscure et fangeuse classe de huit mille créatures dont le nom était un numéro, misérable troupeau de filles soumises qui, surveillées, visitées, tarifées, ne pouvant franchir les limites d'un carrefour ou d'une ruelle, cachaient dans les ténèbres et la tombe de cet impur *ghetto* leur métier de honte et d'infamie.

Aujourd'hui, la prostitution, la véritable prostitution, la seule dont les ravages soient à craindre, n'est plus dans cette tribu souterraine et abjecte, dont les membres retirés de la société, pour ainsi dire, ne se sont, du reste, pas accrus et ont même, je crois, diminué depuis la statistique de M. Parent-Duchatelet.

Non ; elle est dans les soixante mille créatures, tapageuses et éhontées qui, à la face du soleil, à toute heure, dans tous les quartiers, dans toutes les réunions et les promenades publiques, à pied, à cheval et en voiture, mises comme des duchesses, impudiques comme Messaline, étalent leur ignominie au lieu de la cacher, donnant ainsi à la morale publique le scandaleux spectacle du vice au grand jour, de la bicherie, comme vous dites, en livrée et en équipage, admise, reconnue, saluée au bois et aux courses par la fine fleur de gentlemen boursiers ou maquignons.

Oui, monsieur, le mal, la plaie est là, dans les progrès envahissants et dans le luxe effréné d'une classe qui est devenue un monde.

N'est-il pas vrai qu'une mère de famille ne peut plus sortir avec sa jeune fille sans être exposée à rencontrer à peu près partout, dans son escalier, sur le boulevard, aux Tuileries, aux Champs-Élysées, au bois de Boulogne, des toilettes et des allures qui attireront l'attention de l'enfant en lui suggérant quelquefois des demandes, des *pourquoi donc, maman?* fort embarrassants ?

Quant au luxe de ces demoiselles, il est quelquefois véritablement insensé ; ce n'est même plus du luxe, mais bien un gaspillage dont on n'a pas d'idée en dehors de ce monde-là.

Tenez, voici un simple détail qui m'a révélé dernièrement jusqu'où peut aller chez certaines de ces demoiselles, dont les diamants poussent, comme les champignons, dans une nuit, ces raffinements d'un luxe aussi extravagant que coupable.

Mademoiselle Anna, écuyère bien connue des sportsmen du bois de Boulogne, chevauchait, il y a six semaines, à quelques pas d'ici. Au détour d'une allée, le cheval fait un faux pas — sa maîtresse en a fait bien d'autres ! — et l'élégante amazone, perdant l'équilibre, se laisse tomber et se donne une entorse.

On la transporte chez une de ses amies qui habite un confortable chalet du parc des Princes, et je suis appelé. Il y avait luxation de la cheville, il fallut garder le repos pendant quelque temps. Les premiers jours je faisais une visite quotidienne régulièrement à midi, et à midi, avec la même régularité, arrivait de Paris une légère caisse contenant deux paires de chaussures, souliers, bottes ou bottines de chez Jacobs. J'appris que l'envoi se renouvelait tous les jours depuis le 1er janvier jusqu'à la Saint-Sylvestre, — les entorses n'y faisaient rien, — de sorte, qu'au bout de l'an, mademoiselle Anna, qui, naguère, allait à l'apprentissage dans des souliers à becquets et des bas à reprises, avait usé, je veux dire gâché *sept cent trente paires* de chaussures, représentant, à trente francs l'une, en moyenne, plus de vingt-deux mille francs ! C'est un commis d'agent de change — pourvu que ce ne soit pas le caissier ! — qui pare actuellement les petits pieds de l'idole, une idole d'un blond plus que hasardé, fardée, agglutinée, peinte au kool et à la colle, musquée jusqu'à l'infection, qui me donnerait à moi, si j'avais trente ans, le féroce appétit d'une gardeuse de dindons, débarbouillée à la source et vermillonnée par le bon Dieu.

Eh bien ! c'est l'exhibition publique de ce luxe impie qu'il faudrait atteindre, car c'est elle qui démoralise, elle dont la contagion pernicieuse peut vicier de bons instincts en faisant galoper l'imagination si susceptible d'exaltation des jeunes Parisiennes de la loge, de l'atelier, du magasin ou de la boutique.

Il y a plus, cette ostentation donne au monde galant un tel prestige que bien des femmes du monde engagent avec les courtisanes une lutte ruineuse sûrement, à moins qu'elle ne soit honteuse, et qu'il n'est pas jusqu'à nos filles, nos sœurs, nos femmes et nos mères qui, coudoyées constamment et éclaboussées quelquefois par ce luxe effréné, ne soient plus ou moins atteintes des subtiles effluves qu'il dégage.

La cause essentielle et première de l'énorme développement qu'a pris la bicherie, c'est la Bourse, qui en faisant millionnaires du jour au lendemain, à l'époque des émissions, une foule de courtiers marrons et de professeurs de billard, a fait tomber des mains de ces Jupiters d'occasion une pluie d'or sur des Danaés de pacotille. Puis est venu le sport avec son turf, cette autre bourse dont les chevaux sont les valeurs, les

jockeys les agents de change et les parieurs les clients.
Puis encore le club, une troisième bourse...

Mais aujourd'hui, je le répète, les ravages de la
contagion proviennent de l'exemple et de l'espèce de
prestige dont jouissent, par un étrange privilége et par
la complicité de l'indifférence de bien des gens, un tas
de drôlesses pourvu qu'elles fassent leur métier en
victoria ou en petit coupé.

En ce moment, dans les quartiers les plus populeux
comme les plus aristocratiques, au faubourg Mont-
martre comme à la Madeleine, on trouverait difficile-
ment une maison ou un hôtel dont au moins un
appartement ne soit occupé par une femme galante,
affichée ou suspecte. Or, dans toutes ces maisons et
dans tous ces hôtels, il y a des loges et des boutiques,
et, dans ces loges et ces boutiques, de nombreux enfants,
habituellement. Ces enfants grandissent, et les jeunes
filles ont déjà remarqué les belles toilettes de la belle
dame du premier, du deuxième ou du troisième, la
belle voiture qui vient la prendre pour la mener au
bois de Boulogne ou au spectacle. Elles ont entendu
dire qu'elle s'appelait Irma ou Clara, qu'elle avait été
ouvrière modiste ou couturière, mais elles savent aussi
que les personnes qui viennent la voir, demandent

madame de Saint-Estève, qu'elle est rentière, qu'elle a un mobilier doré, que des jeunes gens fort bien lui apportent des bouquets, des messieurs décorés des bonbons, et qu'elle a, dans un vieil oncle qui lui rend visite tous les quinze jours, un protecteur qui lui a promis une maison de campagne.

Jugez du travail dévastateur qui se fait dans ces jeunes têtes en effervescence de coquetterie quand elles remarquent encore que la belle dame du premier, du second ou du troisième, qui s'est appelée Irma ou Clara, qui a été ouvrière modiste ou couturière, est beaucoup moins jeune et bien moins jolie qu'elles, et qu'elle ne sait pas, comme elles, jouer des contredanses sur le piano !

Le plus grand nombre de ces jeunes filles est ordinairement logé à l'enseigne de la fille mal gardée. D'un autre côté, chez la plupart, les principes religieux qui pourraient être un réactif contre cette épidémie de déclassement qui trouble leurs nuits et leurs cervelles, sont d'habitude si superficiels ; chez elles le sens moral s'est si peu développé dans un milieu qui semble ne hâter que l'ivraie de leur précoce intelligence, que plus d'une alors, au lieu d'écouter la voix émue et le cœur sincère de l'honnête ouvrier qui la courtise pour en faire sa femme, n'ouvre l'oreille qu'aux demi-mots et aux sous-entendus que le hasard, quelque satyre où une entremetteuse lui jettent en passant.

C'en est fait, une fièvre ardente se déclare, la fièvre de l'or et des bijoux, et cette fièvre-là, on ne la coupe, cher monsieur, que par l'homœopathie : *similia simi-libus*....

— Mais, docteur, vous n'êtes pas homéopathe, dis-je en souriant : le remède, le remède allopathique, où le trouver?

—Dans la ligue des honnêtes gens, qui serait aussi la ligue du bon sens public contre toutes les drôlesses en vogue et en évidence, me répondit, en s'animant, mon hôte d'Auteuil.

Que chacun de nous soit à sa place et fasse son devoir.

Que les femmes du monde cessent de s'occuper de toutes ces filles comme elles le font, de les dévisager au bois, de les lorgner au théâtre, de prendre leurs toilettes les plus extravagantes et de montrer leurs jambes comme elles; que les maîtresses de maison dont la plupart sont charmantes, retiennent dans leurs salons ce qui reste encore d'un reste de poésie et d'idéal et ne fassent pas de ces anciennes arches du bel esprit, un club, un stok-exchange ou une écurie, côté des hommes, un magasin de nouveautés et de modes, côté des dames ; que les fils de famille cessent de s'afficher avec des filles et de leur donner en public des coups de chapeau quand en particulier ils leur donnent des coups de cravache ; que les propriétaires de beaucoup de maisons ne spéculent plus sur l'exagération de loyers dont le prix ne s'adresse qu'à des millionnaires ou à des courtisanes ; que les marchands et les fournisseurs ne courent plus la chance de crédits scabreux qui les ruinent quand ils ne font pas leur rapide fortune ; que les directeurs de nos grands théâtres suivent l'exemple que vient de donner M. Bagier, et ne permettent plus au vice insolent de trôner en loge découverte, paré plus d'une fois des diamants maternels monnayés par quelque enfant prodigue dont rougit la famille. Que craindraient-ils pour la prospérité de leur entreprise ? M. de Besselièvre n'a-t-il pas basé sur l'exclusion des biches son concert des Champs-Élysées, et le succès le plus complet n'a-t-il pas couronné cette spéculation sur l'honnêteté et la bienséance ?

Certes, je ne prétends pas donner une panacée, d'ailleurs ce ne serait pas ici sa place, *non hic locus.*

Dans les sociétés modernes, surtout dans une ville comme Paris, la prostitution, sous toutes ses formes, est une plaie honteuse, mais malheureusement nécessaire, un immense exutoire, pour ainsi dire, appliqué sur le corps social comme un dérivatif. Mais c'est justement pour cela qu'il faut surveiller et panser avec soin une suppuration qui, abandonnée à elle-même, amènerait promptement une résorption purulente.

Je sais les louables et énergiques efforts que fait dans ce sens l'autorité et que seconderait si efficacement l'initiative individuelle. On a enfin chassé, des cafés des boulevards, tout ce troupeau de biches faméliques qui avaient établi là leur petite bourse entre deux verres d'absinthe. On fait de temps en temps des razzias de ces polisseuses de trottoirs. Je n'ignore pas qu'on en renvoie des convois entiers dans leurs départements respectifs, et qu'à la frontière, celles qui viennent de l'étranger font partie des marchandises prohibées.

Toutefois est-ce assez? Non. Allez encore! Doublez par exemple, les factionnaires des Tuileries, du contrôleur des concerts des Champs-Élysées. Il n'y a pas bien longtemps encore, le jardin des Tuileries était l'Éden joyeux et souriant des enfants et des mères, le bois sacré de la famille. Allez maintenant à ce qu'on appelle la musique des Tuileries. Sur une femme honnête, vous compterez vingt biches de bas étage, rangées en cercle autour d'elle, et débattant à voix haute, entre un vieillard cacochyme et un surnuméraire des finances, une question de gros sous.

Attaquez ensuite, attaquez surtout ce fatal prestige que leur ont donné, à ces drôlesses, une littérature malsaine, une pitié absurde ou une indifférence coupable et qu'entretient le luxe éblouissant qu'elles étalent. Stigmatisez-le d'un incommensurable mépris, tout ce luxe bourbeux ! Faites comprendre à tous cette énormité que les filles sont des filles qu'elles fassent leur métier le long du ruisseau ou autour du lac du bois de Boulogne, à pied ou à quatre chevaux, qu'elles se cotent cent sous ou cent louis !

Et puis, en même temps que la moralité, assurez l'hygiène publique. C'est votre droit et votre devoir et ce sera justice : l'égalité devant la police comme devant la loi ! Dernièrement, sur les observations d'un spécialiste célèbre vous avez opéré toute une razzia de brebis galeuses qui infestait les boulevards.

Continuez, achevez votre œuvre. Patriciat et plèbe du vice, nivelés par l'infamie, inscrivez tout cela sur ces tablettes nauséeuses et mortelles qui tuent la femme par un numéro! Oui, Marcos et Margots, marquez-les toutes au P du fer rouge des *Travaux-Publics*, ces publiques!

Quel exemple pour le coup!

Oh! quand toutes ces jeunes éblouies, ces pauvres petites têtes tournées qui envient le luxe et l'oisiveté de toutes ces belles dames de l'entresol ou du premier, sauraient où les conduit une fois par semaine cette même voiture qui les mène tous les jours au bois ou au spectacle, oh! alors devant l'horreur de tant de honte, l'illusion tomberait avec l'exaltation, et la pudeur remontant aux joues des jeunes filles, les sauverait toutes, j'en suis sûr...

Le docteur était superbe, tour à tour indigné et ému.

— Sauvées! mon Dieu! sauvées!..... m'écriai-je, pour cacher l'émotion qui me gagnait.

— Vous riez de tout, vous, me dit mon hôte, se méprenant sur mon exclamation.

— De peur d'être obligé d'en pleurer, docteur.

— A la bonne heure. Au fait, c'est un bon régime; le rire est hygiénique. L'École de Salerne le recommande et les Gaulois nos pères, qui se portaient à merveille, l'avaient toujours aux lèvres avec la chanson quand ils n'y avaient pas la coupe.

A votre santé et à bientôt! maintenant que vous avez goûté de... Catherine.

— A huitaine, docteur, comme on dit au Palais.

Je vous apporterai votre brochure.

— Ma brochure?...

— Oui, sur *la question des biches, ou la nouvelle prostitution de la ville de Paris.* Ne venez-vous pas de la faire?

— Comment! vous feriez imprimer et brocher...

— Certes.

—·Eh bien! vous ferez, monsieur, œuvre pie et acte de courage.

PARIS — IMP SIMON RAÇON ET COMP., RUE D'ERFURTH, 1.